Rabea Dorn

Jäckel · Flitz, der kleine Dinosaurier

Karin Jäckel

Flitz,
der kleine Dinosaurier

Zeichnungen von
Heinz Ortner

Loewe

Die Deutsche Bibliothek – CIP-Einheitsaufnahme

Jäckel, Karin:
Flitz, der kleine Dinosaurier / Karin Jäckel
2. Aufl. – Bindlach: Loewe, 1991
ISBN 3-7855-2430-7

ISBN 3-7855-2430-7 – 2. Auflage 1991

Umschlagzeichnung: Heinz Ortner
Umschlaggestaltung: Creativ GmbH Kolb, Leutenbach
Satz: Con-text GmbH, Bayreuth
Gesamtherstellung: Offizin Andersen Nexö, Leipzig
Printed in Germany

Meinem ältesten Sohn Dennis
ein Dankeschön für seine Ideen
und Mitarbeit

Inhalt

Das Ei

Es war an einem dieser heißen Sommertage in den Ferien, als Hans das Ei fand. Es tauchte aus dem Schlamm des Wasserloches auf, wo er eigentlich nicht spielen durfte. Und es sah eher wie ein Handball mit Sommersprossen aus. Aber durch die weiche, elastische Schale schimmerte es dunkel, als bewege sich etwas darin.

Verwundert hob Hans das Ei ans Ohr und schnippte mit dem Finger dagegen. Da war ihm, als höre er ein Pochen von innen. Vor Schreck hielt er den Atem an. Irgendwas lebte in diesem Ei. Aber was? Ein Krokodil vielleicht oder eine Riesenschlange – oder ein Ungeheuer?

Beinahe hätte Hans das Ei in den Tümpel zurückgeworfen, von dem die Leute behaupteten, er reiche direkt in den Bauch der Erde hinab. Im letzten Augenblick aber wurde die Neugier zu groß, und er beschloß, das Ei mitzunehmen. Er wickelte es in ein paar Blätter, legte sein T-Shirt darüber und klemmte es auf den Gepäckträger. „Daß du ja nicht platzt!" sagte er dabei und tätschelte das Ei.

So behutsam wie an diesem Tag war Hans noch nie nach Hause geradelt. Jedem Stein und jedem Schlagloch wich er aus. Daher bemerkte er Thomas und Christian erst, als sie ihm mit den Rädern den Weg versperrten. Ihr freches Grinsen verhieß nichts Gutes.

„Ja, wen haben wir denn da?" rief Christian und fuhr eine Schleife um Hans. „Wieviel macht 125 mal 1038, Superhirn?"

„129.750", sagte Hans und legte schützend die Hand auf das Ei. „Laßt mich durch!"

Christians Blick war der Bewegung gefolgt. „He!" johlte er und griff zu, ehe Hans es verhindern konnte. „Wozu brauchst du den Ball? Du triffst doch aus zwei Schritten Entfernung kein Scheunentor!"

Thomas kreischte vor Vergnügen, als er den Ball fing und sofort über Hans hinweg zurückwarf. „Hol ihn dir doch, Superhirn, fang ihn doch, ätsch!"

Hans sah nur das Ei. Es hatte einen Sprung.

Ohne zu überlegen, trat er in die Pedale und rammte

Christians Rad frontal. Ein Brombeergestrüpp milderte Christians Sturz. Das Ei aber zersprang, und heraus fuhr ein kleiner Kopf mit einem Maul voll sägeblattscharfer spitzer Zähne, die sich in Christians Daumen gruben.

„Hilfe! Eine Schlange!" schrie Christian und schüttelte seine Hand, während er in tollen Sprüngen aus den Stachelranken stob.

Thomas, der nicht genau gesehen hatte, was passiert war, hielt sich den Bauch vor Lachen.

Hans aber nutzte das Durcheinander, sich mitsamt

dem Ei aus dem Staub zu machen. Erst vor der eigenen Haustür verlangsamte er die wilde Fahrt.

Als hätte das Ei unter seinem Arm nur auf diesen Augenblick gewartet, begann es, sich plötzlich zu dehnen und nach allen Seiten auszubeulen.

Vier kleine Füßchen bohrten sich gleichzeitig mit einem kräftigen, zackenbesetzten Schwanz durch die Schale, und der kleine Kopf bog sich Hans auf einem ungewöhnlich langen Hals entgegen. „Denen haben

wir's aber gezeigt, was?" lispelte er. „So schnell kicken die nicht wieder mit einem echten Dinosaurierei, oder was meinst du?"

„N-n-n-nein", stotterte Hans, und dann kniff er sich fest in den Arm. Doch der Schmerz war echt und der kleine goldgrüne Dinosaurier auch.

Neugierig schauten sie einander an.

Der Dinosaurier bekommt einen Namen

Als Hans die Augen aufschlug, lag der Dinosaurier am Fußende des Bettes und schnarchte. Er war nicht größer als ein Kätzchen, und am Hals, unter dem zarten Schuppenpanzer, sah man den Puls schlagen.

„Du sollst doch im Körbchen schlafen", flüsterte Hans und streichelte ihm den Kopf.

Der kleine Dinosaurier blinzelte nur und schnarchte weiter. Es hörte sich an wie eine Nähmaschine. Hans stieg vorsichtig aus dem Bett und schlug die Zudecke über ihn.

Hanna, die immer dann auftauchte, wenn man sie nicht brauchen konnte, schob ihre Vorwitznase genau in dem Moment zur Tür herein, als Hans die Deckenzipfel feststeckte. „Was hast du da? Was ist denn da drin? Warum versteckst du es?" fragte sie und kniff

style

Hans in den Bauch, als er sie wortlos in den Flur hinausdrängte.

Zum Glück rief die Mutter zum Frühstück, so daß Hanna keine Zeit blieb, unter der Bettdecke nachzugucken. Wenn Hanna etwas wollte, setzte sie meist ihren Kopf durch. Vor allem bei Hans, der genau sechs Minuten und fünfzehn Sekunden jünger war als sie.

„Habt ihr euch schon wieder gezankt?" fragte die Mutter vorwurfsvoll.

„Hans versteckt was unter seiner Bettdecke", sagte Hanna und nahm zielsicher das dickste Frühstücksei.

Hans wurde rot. „Petzliese!"

Die Mutter schüttelte den Kopf. „Könnt ihr euch nicht vertragen?"

„Du hast gesagt", murmelte Hans in seinen Teller, „wenn ich etwas hätte, was ich mag – ja, also, ich meine – was wäre, wenn ich – eh, ich würde ..."

„Wenn und hätte und wäre und würde", unterbrach Hanna und rollte mit den Augen. „Komm zur Sache!"

„Ich habe einen kleinen Saurier gefunden", sagte Hans, und seine Stimme zitterte vor Stolz. „Er gehört mir ganz allein."

„Saurier gibt es nicht mehr!" Hanna lachte.

„Du kannst ihn dir ja angucken", sagte Hans.

Ohne eine Antwort abzuwarten, stand er auf und lief in sein Zimmer. Hanna folgte ihm auf dem Fuß.

„Da!" sagte Hans und schlug die Bettdecke zurück.

Aber unter der Bettdecke war nichts. Hanna legte prüfend die Hand auf die Matratze. „Kalt!" grinste sie. „Dein Dinosaurier war wohl ein Alptraum, was?"

Hans sah sich bestürzt um. „Dino?"

Keine Antwort.

Plötzlich quietschte Hanna: „Etwas hat mich angeschnüffelt!"

Hans lachte und drehte sich um sich selbst. „Wo steckst du, Dino? Komm raus!"

„Hör schon auf!" sagte Hanna. „Dinosaurier sind ausgestorben. A-U-S – Au! Verflixt, was pikt denn hier?"

Hinter dem Vorhang zischte es plötzlich; es folgte ein Rauchwölkchen, das nach mindestens zehn faulen Eiern stank.

Mit einem Ruck wollte Hanna den Stoff beiseite reißen. Doch kaum hatte sie ihn berührt, zuckte ihre Hand zurück. „Gemeinheit! Erst Stinkbomben legen und dann auch noch Nadeln in den Vorhang stecken!" rief sie. „Such dir nächstens jemand Dümmeren, wenn du einen zum Vergackeiern brauchst!" Die Tür schlug mit einem Knall hinter ihr zu, daß die Fensterscheiben nur so klirrten.

„Da werden wir aber lange suchen müssen", lispelte es kichernd an Hans' Ohr.

Es war der Dino. Er saß auf Hans' Schulter und rieb ihm zur Begrüßung mit seinem rauhen Kopf die Wange.

„Wo warst du?“ Hans versuchte, ärgerlich zu klingen. „Wieso bist du abgehauen?“

„Überlebenstrick Nummer eins: Laß dich nicht blikken“, wisperte der kleine Dinosaurier, glitt von der Schulter des Jungen und schlüpfte nun eidechsenklein in dessen Hosentasche. „Merke: Wer groß sein will, muß sich rechtzeitig klein machen können. Verstanden?“

„Nee“, gab Hans zu, holte das Tierchen aus der Tasche und betrachtete es prüfend. Die Sache war ihm nicht geheuer.

„Mach dir nichts draus“, sagte der Dinosaurier tröstend und blickte Hans aus schwarzen Beerenaugen treuherzig an. „Wenn alle schlau wären, hätten die Gescheiten ja keine Dummen mehr zum Späßemachen.“

Hans mußte lachen. Dieser Winzling war vielleicht frech! „Ehe du noch mehr solche Weisheiten los wirst, verrate mir lieber, warum du Hanna so geärgert hast“, meinte er.

„Darauf mußt du schon selbst kommen“, gab der Kleine zurück und fing an zu wachsen. „Magst du Rätsel?“

„Schon“, nickte Hans und setzte den Dinosaurier neben sich aufs Bett. „Warum?“

„Ich weiß eines für dich“, sagte der Dino. „Paß mal auf, ob du es erraten kannst. Lieb' ich dich, so zeig' ich mich. Glaub an mich, so find' ich dich. Wo ich bin, da will ich sein. Siehst du mich, dann bleib' ich dein. – Was ist das?“

„Etwa du?“ rief Hans und wunderte sich kaum noch, daß der Saurier auf einmal so groß war wie er selbst.

„Weißt du was?“ rief er. „Wenn du jetzt zu mir gehörst, dann will ich dir auch einen richtigen Namen geben! Von jetzt an sollst du Flitz heißen: Weil du so fix bist wie ein Blitz – und unverschämt frech: F-litz!“

Der kleine Dinosaurier legte den Kopf schief und überlegte. „Ich glaube“, sagte er dann und grinste, „damit kann ich leben!“

Flitz findet eine Freundin

Manchmal, wenn Hans keine Zeit für ihn hatte, holte Flitz sich das Skateboard aus dem Keller und flitzte darauf über Schleichwege zum verbotenen Weiher. Er liebte den stillen See, der versteckt inmitten von Heckenrosendickicht und Bäumen lag.

An diesem Tag sah er zu seinem Erstaunen die dottergelbe Blüte einer Seerose auf dem Wasser, in dem sonst nie etwas wuchs.

Wie wird Hans sich freuen, wenn ich ihm so eine schöne Blume mitbringe, dachte Flitz. Rasch schätzte er die Entfernung zwischen Ufer und Blüte ab. Dann rieb er zuerst über den Bauch, danach über den Kopf, klappte die dritte Rückenzacke nach links und begann, seinen Hals auf die benötigte Länge wachsen zu lassen.

„Was kommt denn da?" staunte die kleine Ente, die vor wenigen Minuten auf den See hinausgepaddelt war. „Ob das seltsame Dingsbums zu mir will?" Und schon tauchte sie unter.

„Nanu?" wunderte sich Flitz. „Wo ist denn die gelbe Seerose geblieben? Ich kann mich doch nicht so geirrt

haben!“ Suchend sah er sich um und ließ dabei den Hals wieder schrumpfen.

Kaum war der Schatten über dem Wasser verschwunden, tauchte die kleine Ente wieder auf und schüttelte ihr goldgelbes Gefieder.

„Aber da ist sie ja!“ Flitz rieb sich die kurzsichtigen Augen. Der gelbe Fleck auf dem Weiher kam plötzlich sogar näher. Endlich konnte Flitz ihn erkennen. „Und ich dachte, du bist eine Blume“, sagte Flitz enttäuscht.

„Ich? Eine Blume?“ schnatterte die Ente.

„Weil du seerosengelb bist“, erklärte Flitz.

„Ich bin aber keine Seerose. Ich bin eine Ente. Eine Stockente, wenn du es genau wissen willst. Aber das sieht man erst, wenn ich älter bin“, quakte die kleine Ente und setzte ein würdevolles Gesicht auf.

„Und wo, bitte schön, ist dann dein Stock?“ spöttelte Flitz, der gerade versuchte, eine Wende im Stand auf dem Skateboard zu drehen.

„Pah!“ machte die kleine Ente. „Wenn du nicht aufpaßt, brauchst du gleich selber einen.“ Sprach's und tauchte unter. Schwupps und weg.

Damit hatte Flitz nicht gerechnet. „Hallo, du da!“ rief er und beugte sich über das Wasser. „Komm doch wieder. Wie heißt du eigentlich?“

Aber im Wasser war keine Ente. Da war ein Saurier. „Toll!“ Flitz lachte dem anderen im Wasser zu. „Der Trick ist echt stark. Den mußt du mir auch zeigen, ja?!“

„Welchen Trick?“ wollte die kleine Ente wissen und tauchte neben Flitz auf.

„Na, wie du das machst“, gab dieser zurück. „Daß du über Wasser eine Ente und unter Wasser einer wie ich bist.“

Die kleine Ente staunte. „Kommst du etwa vom Mond?“

„So ungefähr“, sagte Flitz. „Wieso?“

„Weil du mich mit einer Seerose verwechselst und nicht einmal dein eigenes Spiegelbild im Wasser erkennst“, grinste die kleine Ente.

„Ach so?“ Flitz senkte beschämt den Kopf.

„Ist ja schon gut“, tröstete ihn die Ente. „Ich wollte dich nicht ärgern. Was für einer bist du überhaupt?“

„Ein Saurier“, sagte Flitz stolz. „Siehst du das nicht? Und frag mich jetzt bloß nicht, ob ich echt bin.“

„Mich interessiert viel mehr, ob du schwimmen kannst!“

Flitz schüttelte den Kopf. „Nö, kann ich nicht. Das ist doch die Sache, bei der man so naß wird?“

„Komm“, quakte die kleine Ente. „Ich bring's dir bei. Es macht Spaß.“ Flitz zögerte.

„Feigling! Feigling!“ Die kleine Ente schlug vergnügt mit den Flügeln.

Klar, daß Flitz so ein Wort nicht auf sich sitzen lassen konnte.

„Hu, ist das kalt!“ prustete er gleich darauf und schlug mit Schwanz und Füßen um sich.

„Für den Anfang hältst du dich gar nicht übel", lobte ihn die kleine Ente. „Jetzt nur noch kräftiger strampeln."

Flitz gehorchte. „Schwimme ich?"

„Mund zu!" quakte die kleine Ente.

Aber zu spät. Flitz hatte schon tüchtig Wasser geschluckt. Er hustete und prustete. Als er wieder Luft bekam, paddelte er eilig an Land. „Mir langt's", schnaufte er. „Skateboard fahren ist schöner."

„Du lernst es schon noch", kakelte die kleine Ente. „Soll ich dich abtrocknen?"

„Nicht nötig“, wehrte Flitz ab und holte tief Atem, ehe er eine an Wunderkerzen erinnernde Flamme ausstieß und ein Häufchen trockenen Holzes damit anzündete.

„Oh! Oh! Oh!“ schnatterte die kleine Ente bewundernd und stieg an Land.

Die Flammen knisterten behaglich. Flitz und die kleine Ente saßen dicht beisammen.

„Ganz schön, daß wir uns jetzt kennen“, murmelte die kleine Ente irgendwann.

„Hm!“ brummte Flitz, und dann legte er vorsichtig seinen Zackenschwanz um sie.

Frühstück mit Hindernissen

„Warum müssen wir denn sogar in den Ferien immer so früh aufstehen, Mutti?“ maulte Hans und stolperte verschlafen die Treppe herunter.

„Jetzt geht's aber los!“ schimpfte Hanna. „Erst ißt du den Kühlschrank leer, so daß zum Frühstück nichts mehr da ist. Außerdem schnarchst du die ganze Nacht, und jetzt sollen wir dich auch noch bedauern, weil du um halb elf aufstehen mußt!“

Hans schnupfte verlegen auf. Er wußte nur zu genau, wer so laut geschnarcht hatte. Aber der Kühlschrank?

„Was ist mit dem Kühlschrank?“ fragte er.

„Das wüßte ich auch gern“, meinte die Mutter und gab Hanna ein Zeichen zu schweigen. „Ißt du denn tagsüber nicht genug, oder träumst du schwer, oder warum machst du dich nachts über die Vorräte her?“

„Wegen der Schuppen wahrscheinlich“, überlegte Hans. „Wenn sie zu trocken sind, braucht er Fett.“

„Wer?“ fragte die Mutter.

„Mein Saurier“, sagte Hans, setzte sich an den Tisch und griff nach einem Ei.

Die Mutter wollte schon antworten, als Hanna laut

aufschrie: „He, was soll das! Ich wollte dieses Ei! Mama, sag ihm, das braune ist für mich!“

Sie hatte das Ei noch nicht berührt, da sauste plötzlich ihr Messer durch die Luft – ein Knack, und schon sprang die abgehackte Eispitze in Mutters Kaffee. Das Eigelb tropfte über Marmeladentopf und Tischtuch zu Boden.

„Hanna! Jetzt ist es aber genug!“ fuhr die Mutter auf. „Kannst du nicht aufpassen?“

„Aber, Mutti, ich war's doch gar nicht. Es war ...“

„Der Saurier, ich weiß!“ stöhnte die Mutter. „Sofort wischst du alles auf!“

Hanna beeilte sich. Im Brotkorb glänzte knusprigbraun das Brotknäuschen. Jetzt nur schnell, dachte sie, ehe Hans es mir mopst, und legte die volle Kehrichtschaufel zwischen Küche und Eßzimmer auf dem Fußboden ab.

Flitz, der, für alle unsichtbar, hinter Hans die Treppe heruntergekommen und an diesem Morgen nur zu Streichen aufgelegt war, hatte sofort eine neue Idee. Leise nahm er die Schaufel und bröselte die Eierschalen auf den Boden, so daß man lesen konnte: „Faulheit muß bestraft werden.“

Oh, wie die Mutter schalt, als sie die Bescherung sah! Hans dachte, Hanna sei dabei mindestens zehn Zentimeter kleiner geworden.

Flitz aber saß oben im Zimmer auf der Bettkante,

nagte an einem Stückchen Brot und ließ den Schwanz baumeln.

„Dinosaurier gibt's ja nicht mehr“, zischte er durch seine Zahnlücke, als Hans hereinkam. Und dann lachten sie beide, bis sie keine Puste mehr hatten.

Erinnerungen

„Haben wir ein Glück, daß wir noch vor dem Gewitter zu Hause sind!“ japste Hans außer Atem und warf sich neben Flitz aufs Bett. „So schnell gerannt bin ich noch nie.“

„Mhm!“ brummelte Flitz zustimmend. „Und jetzt?“

„Weiß nicht“, sagte Hans.

Schweigend lauschten sie dem heraufziehenden Gewitter.

„Früher“, sagte Flitz plötzlich, „vor ungefähr einhundertvierzig Millionen Jahren, war es auch oft so dunkel wie jetzt.“

„Woher willst du das wohl wissen?“ spottete Hans. „Du bist doch erst hier aus dem Ei geschlüpft und morgen in einer Woche genau drei Monate alt.“

„Aber nein!“ rief Flitz belustigt. „Den Trick mit dem Ei mußte ich nur benutzen, um durch das verschlossene Weltentor zu kommen.“

„Trick? Weltentor? Ich versteh' gar nichts mehr“, sagte Hans. „Ja, wie alt bist du denn nun?“

„Genau einhundertsiebenunddreißig Millionen Jahre“, sagte Flitz. „Willst du mehr wissen?“

„Und ob!“ rief Hans.

Flitz überlegte ein Weilchen. „In meiner Jugend gehörte Europa gemeinsam mit Asien und Nordamerika zu einem einzigen Superkontinent. Es war tropisch

warm bei uns, aber trotzdem gab es keine Blumen oder Gräser, sondern nur riesige Farne, Schachtelhalme und Bäume mit Blättern, so groß wie ein Tischtuch. Es gab keine Vögel und keine Menschen, nur große Insekten. An vielen Tagen aber spie die Erde Feuer, und es regnete Asche. Dann war es so dunkel wie heute."

„Und du?" fragte Hans. „Was hast du damals gemacht?"

„Ich war gerade sechs Sonnenjahre alt geworden", sagte Flitz, „als ein Vulkanausbruch das Flußdelta, an dem wir lebten, in eine von Lava kochende, brodelnde Hölle verwandelte. Einzig eine Sandinsel blieb unversehrt. Der Rest meiner Herde drängte sich darauf zusammen. Jeder wußte, daß wir verloren waren. Während das Wasser unter dem Druck der heranströmenden Lava stieg, sah meine Mutter mich an. Der Sandboden war schon so heiß, daß Neridia, meine kleine Schwester, vor Schmerzen zu tanzen begann. Da endlich schlang meine Mutter ihren Hals um mich.

‚Sohn', sagte sie, ‚du bist alt genug, um die Gefahr zu kennen, und klein genug, dich durchzumogeln. Führe deine Schwester ans andere Ufer. Dort seid ihr sicher.'

‚Aber Mama!' rief ich. ‚Wie denn?'

„Erinnerst du dich an den Steg aus Steinen?" fragte sie. ‚Wir Großen sind zu schwer. Euch Kleine werden sie tragen. Lauft, Kinder, lauft!'

Ihre Stimme klang so eindringlich, daß wir gehorchten. Neridia nahm meine Schwanzspitze zwischen die Zähne, und so machten wir uns auf. Das Wasser im Fluß brodelte vor Hitze. Aber noch überspülte es die Steinbrocken nicht, die wie eine löchrige Brücke ins Ungewisse führten. Zögernd setzte ich den Fuß darauf. Die Steine trugen. Erst nach langen Metern spürte ich die Hitze durch meine Fußsohlen und begann zu rennen, Neridia immer hinter mir. Das Wasser hüllte uns immer wieder in Dampfwolken ein. Wir rannten und sprangen voran. Als wie aus dem Nichts ein gewaltiger Allosaurus vor mir auftauchte, der wie wir einen Fluchtweg suchte, gab es kein Zurück. Zum erstenmal war ich auf mich allein gestellt. Niemand schützte mich.

Ich wußte, die messerscharfen Zähne des Allosauriers würden mir mit einem Biß den Hals abreißen. Aber ich wartete, wie meine Mutter es mich gelehrt hatte. Erst als die Zähne so nah vor mir aufglänzten, daß der Allosaurier in seiner Gier unvorsichtig wurde, schwenkte ich zur Seite und schlug ihm meinen Schwanz gegen die Kehle. Der Allosaurier schwankte schon, als ihn mein zweiter Schlag gegen die Schenkel traf. Mit einem Aufbrüllen versank er in den kochenden Fluten."

„Super!" schrie Hans und klopfte Flitz auf die Schulter. „Bravo!"

Flitz schmunzelte. „Damals war ich zu müde, um stolz zu sein. Nicht einmal die heißen Steine konnten meine Schritte beschleunigen. Endlich aber sah ich das rettende Ufer. Meine Mutter hatte recht gehabt. Wir waren in Sicherheit."

„Und deine Mutter?" fragte Hans leise.

„Wir haben sie niemals wiedergesehen", sagte Flitz.

Im Schwimmbad

„Wo fahren die denn alle hin?" fragte Flitz eines Tages und zeigte von seinem Lieblingsplatz auf der Gardinenstange hinter einem Grüppchen schwatzender Kinder her.

„Schwimmen", sagte Hans.

„Warum die und wir nicht?“ Flitz wandte sich so heftig um, daß er das Gleichgewicht verlor und gestürzt wäre, hätte Hans ihn nicht aufgefangen. „Kannst du nicht schwimmen?“

„Doch“, nickte Hans. „Aber allein macht es keinen Spaß. Außerdem sind Thomas und Christian da.“

„Na und?“ Flitz kniff vergnügt ein Auge zu. „Du hast doch mich.“

„Schon“, gab Hans zu. „Aber du mußt ja unsichtbar bleiben.“

„Probier's doch einfach mal aus!“ meinte Flitz und lachte Hans aufmunternd zu.

„Also gut.“ Hans gab nach.

Gemeinsam machten sie sich mit dem Rad auf den Weg. Flitz auf der Sonnenblende, die Hans sich tief in die Stirn gezogen hatte.

Das Schwimmbad war so voll, daß man vor Menschen kein Wasser mehr sah. Und auf der Liegewiese wimmelte es wie im Ameisenhaufen. Ganz vorn an der Dusche sonnten sich Christian, Thomas und andere Kinder aus Hans' Klasse. Wer ins Wasser wollte, mußte an ihnen vorbei.

„Trau dich!“ flüsterte Flitz. „Geh schon!“

Zögernd setzte Hans sich in Bewegung.

Thomas entdeckte ihn zuerst. „Da ist ja unser Superhirn!“ rief er und sprang auf. Christian war schneller. „Das ist für meinen Daumen, du Vampir!“

brüllte er und stieß Hans zu Boden. Doch als er ihm auch noch eine Backpfeife versetzen wollte, zuckte er plötzlich zusammen und griff sich an den Po, als habe er einen Schlag erhalten. „Wer war das?“

Die anderen gaben keine Antwort. Sie hatten genug mit sich selbst zu tun. Als müßten sie gleichzeitig einen Schwarm wütender Hornissen abwehren und auf heißen Kohlen tanzen, sprangen und tobten sie herum.

„Nichts wie weg hier!“ schrie Thomas. Und Christian ergänzte: „Das melde ich dem Bademeister!“

Hans lachte. „Schluß jetzt, Flitz. Die sind bedient.“

„Schade, wo ich doch so gut in Form bin!“ kicherte dieser und knuffte Hans in die Seite. „Was ist? Bist du vielleicht doch wasserscheu?“

Das ließ sich Hans nicht zweimal vorwerfen. Das T-Shirt aus und kopfüber ins Schwimmbecken! Und ein Riesenplatscher an seiner Seite verriet, daß auch Flitz da war. Ein herrlicher Nachmittag lag vor ihnen. Und wenn sie einmal keinen Platz hatten, brauchte Flitz nur ein paar Wellen mit dem Schwanz zu schlagen.

Christian, Thomas und den anderen aber war die Lust auf ein kühles Bad vergangen. Bäuchlings lagen sie im Gras und hielten sich den zerpiksten Allerwertesten.

Kampf um den Lichtstein

In den Ferien machten die Schlotterbecks eine Rundfahrt durch Schottland. Hans hatte sich vor allem auf Loch Ness gefreut. Doch als sie dort ankamen, schien ihm der berühmte See kein bißchen geheimnisvoller als andere Seen. Enttäuscht setzte er sich auf einen dicken Stein am Ufer und sah den Tretbooten zu, die wie bunte Tupfen über das Wasser zogen.

„Wollen wir tauchen?“ flüsterte Flitz plötzlich, der wie meist während der Reise hinter Hans' Ohr versteckt war.

„Ich hab' keinen Schnorchel“, sagte Hans lustlos.

„Die Ausrede gilt nicht", kicherte Flitz. „Wenn ich dabei bin, brauchst du keinen!“

„Und wie soll ich da unten Luft kriegen?“, brummte Hans noch nicht ganz überzeugt.

„Dieser See ist ein Weltentor“, raunte Flitz. „Es wird von Nessi bewacht.“

„Nessi?“ Hans lachte auf. „Du erzählst Märchen.“

„Du wirst ja sehen“, meinte Flitz nur. „Los, komm! Und vergiß nicht, du kannst so lange tauchen und unter Wasser bleiben wie ich.“

Nun war Hans doch neugierig geworden. Rasch setzte er seine Taucherbrille auf und nahm Anlauf.

„Wohin willst du?“ schrie Hanna ihm noch nach, doch da war Hans bereits auf Tauchstation.

„Mann, ist das kalt!“ schimpfte er, während Flitz ganz allmählich wieder ein goldgrün geschuppter Saurier von eindrucksvoller Länge wurde und in die Tiefe glitt. Hans schwamm ihm mühelos nach. Rasch wurde es dunkel um sie herum.

„Jetzt!“ hörte Hans den Dinosaurier plötzlich rufen. „Halt dich fest!“

Ein unsichtbarer Widerstand, zäh und glitschig-kalt, schien Hans wie eine Gummiwand festzuhalten. Mit

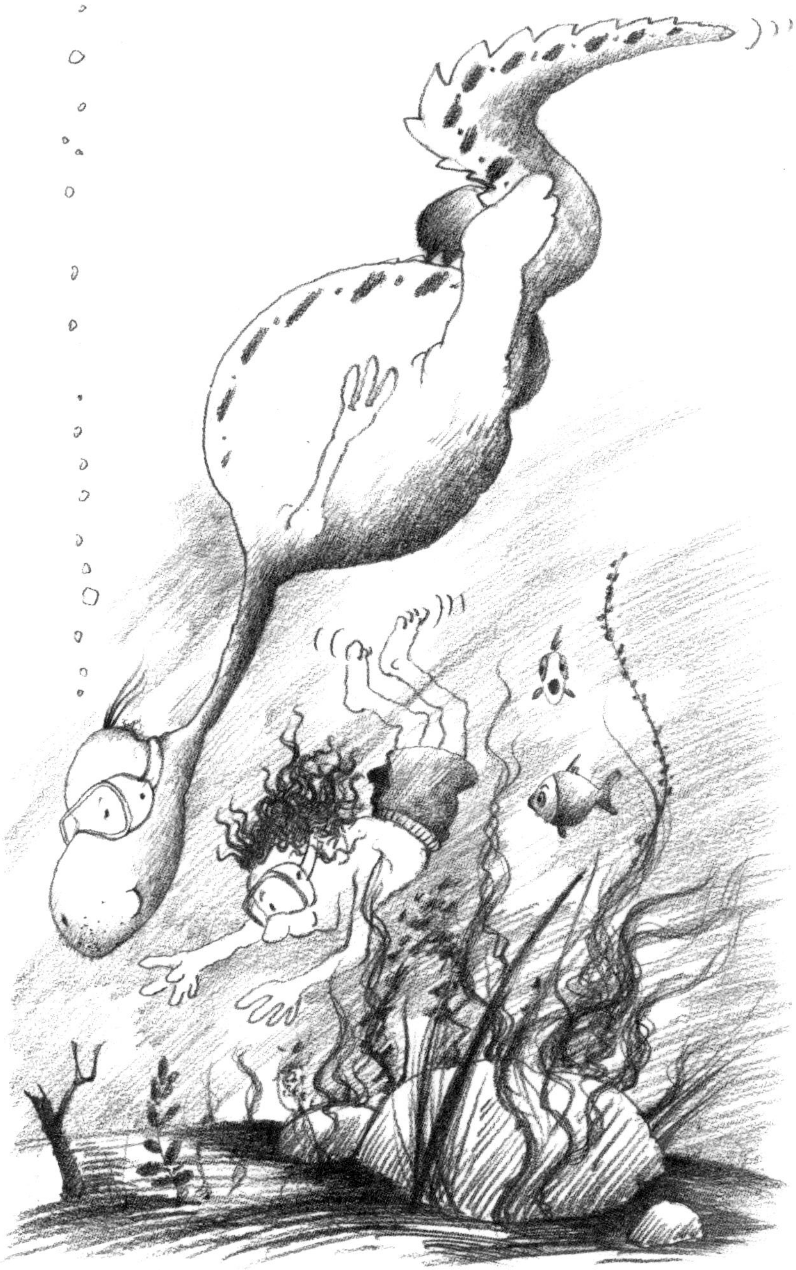

einem Schwanzhieb schlug Flitz ein Loch in die Wand und zog Hans mit sich.

Der See schien seltsam verändert. Die tiefe Dunkelheit war einem bläulichen Dämmerlicht gewichen. Unzählige Grottenfische saßen an Algen, Wurzelwerk und auf dem Gestein. Plötzlich zuckte ihnen eine mit Widerhaken bestückte Zunge entgegen, die Hans um Millimeter verfehlte. Dann schlug brüllend ein Rachen auf, spie Glut und hätte Hans mit seinen gewaltigen Zähnen gepackt, wäre Flitz nicht mit einem bösen Zischen dazwischengefahren.

„He, alter Wasserschreck!" schrie er und schlug dem Untier mit dem Schwanz auf den Rücken. „Kennst du deine Freunde nicht mehr?"

„Dein Gesicht", keuchte das schwarze Biest und ringelte mit schmerzverzerrter Fratze seinen Schlangenkörper, „dein Gesicht hab' ich vergessen, deine Handschrift nicht. Dino, mein Junge, was treibt dich zur guten alten Tante Nessi?"

„Ich möchte dich nur meinem Freund vorstellen", lachte Flitz und schob Hans, der sich ein wenig ängstlich zurückgehalten hatte, vor Nessis kurzsichtige Augen.

„Ist das etwa eines dieser wasseruntauglichen Geschöpfe, die mir überall auflauern? Die mit ihren stinkenden Knatterkisten auf meinem See herumsausen, meine Grotten in Müllplätze verwandeln und ständig versuchen, mich einzufangen?" grollte Nessi.

„Nein“, gab Flitz zurück und blinzelte Hans zu. „Er schwimmt wie ich und muß nur ...“

„Alle 333 Jahre einmal atmen wie du“, fügte Nessi hinzu. „Schon gut, schon gut. Er soll mir willkommen sein, auch wenn er eher wie ein Frosch aussieht.“ Sie beschnupperte Hans, indem sie ihn nach Schlangenart mit ihrer gespaltenen Zunge abtastete. Dann betrachtete sie ihn freundlich und sagte: „Soll ich dir meinen Schmuck zeigen? Es ist der größte Lichtstein der Welt, und ich trage ihn nur einmal in 1000 Jahren."

Lichtstein? Was mochte das sein? Hans nickte erwartungsvoll und beeilte sich, hinter Nessi und Flitz herzutauchen.

Vor einer Höhle, deren Wasser von heißen Quellen

brodelte, hielt Nessi inne und bedeutete ihren Gästen, draußen zu warten. „Er würde gekocht", zischte sie und zeigte auf Hans. „Ja, wenn er Schuppen hätte wie wir, aber so ..."

Sekunden später tauchte sie wieder auf. Ein fußballgroßer Diamant steckte in einer Grube zwischen ihren Brauen und beleuchtete mit seinem feurigen Funkelschein ihr uraltes Faltengesicht.

„Bezaubernd!" ließ sich in diesem Augenblick eine unbekannte Quietschstimme vernehmen. Ein riesiger Süßwasserkrebs stand mit drohend geöffneten Scheren hinter ihnen.

„Schnell!" flüsterte Flitz. „Brich eine meiner Schuppen ab, und blende ihn damit!"

Hans gehorchte sofort. Die Schuppe blitzte wie ein Brennglas im Funkellicht des Diamanten. Der Riesenkrebs wich zurück.

„Kneif mich! Zwick mich! Beiß mich!" zischelte Nessi und wiegte sich beschwörend vor den Riesenscheren, die immer wieder ins Leere knirschten.

Flitzens Schwanz traf um so besser. Der Krebs vollführte einen Salto rückwärts und versuchte, sich in einer Steinnische zu verbergen.

Dabei bewegte er sich so ungeschickt, daß Hans am Hinterteil des Krebses einen roten Punkt entdecken konnte, der ihm seltsam bekannt vorkam. Und jetzt fiel ihm ein, was Flitz neulich erzählt hatte: In der anderen

Welt unter Wasser, da wird alles mögliche plötzlich lebendig.

Lautlos tauchte Hans aus dem Hinterhalt heran.

Flitz und der Krebs kämpften verbissen. Einer von Flitzens Füßen war in die Zange geraten. Mit aller Kraft schlug Flitz mit dem Schwanz, da plötzlich stieß der Krebs einen Schwall Blubberblasen aus und sank in sich zusammen. Flach wie eine Flunder trieb er mit der Strömung davon.

„Wie hast du den so schnell kleingekriegt?" Flitz sah Hans groß an.

„Ganz einfach." Hans lachte vergnügt. „Ich hab' den Stöpsel gezogen!" Und dabei nahm er sich vor, Flitz demnächst eines von seinen Schwimmtieren zu zeigen.

Am Ende des Regenbogens

Der Mond zeigte sein weißes Gesicht, als Hans aus irgendeinem Traum aufschreckte.

„Du hast es auch gehört?" flüsterte Flitz.

„Was?" Klar und kalt spürte Hans das Mondlicht durch die geschlossenen Lider.

„Neridia weint", sagte Flitz. „Sie ruft mich. Ich muß zu ihr!"

Auf einmal war Hans hellwach. „Was redest du da?"

„Kein Licht!" raunte Flitz. „Sonst muß sie noch einmal 100 mal 100 und 1111 Jahre darauf warten, daß man sie hört."

„Spinnst du?" Hans konnte nicht glauben, was er vernommen hatte. „Husch, husch, ins Körbchen, und schlaf!"

Flitz hatte sich schon auf das Fenstersims geschwungen und stieß die Scheiben auf. „Eine Nacht wie diese ist nicht zum Schlafen da."

Hans sah, daß Flitz wuchs. Und plötzlich wußte er: Flitz würde auch ohne ihn fortgehen. Mit einem Satz sprang Hans aus dem Bett und hängte sich an Flitzens Hals.

„Endlich!" hörte er ihn sagen. Dann fühlte Hans sich an Flitzens Hals in die Tiefe gleiten. Ein feiner Sprühnebel hüllte ihn ein und hob sich wieder. Als Hans landete, zitterte die Erde unter seinen Füßen. Er stand

am verbotenen Weiher, wo er Flitz gefunden hatte, aber es sah alles ganz anders aus.

Das Wasser war durchsichtig mit glitzernden Streifen wie eine Glasmurmel. Der Wald ringsum trug silbrig glänzende Blätter, und das Moos um den Weiherrand sah aus wie gespickte Nadelkissen.

„Flitz“, flüsterte Hans und erschrak vor dem Echo der eigenen Stimme, „was ist passiert?“

„Nichts Schlimmes.“ Flitz lächelte beruhigend. „Wir sind nur in die Welt hinter der Welt gestiegen.“ Er sah goldener aus als sonst, und an den Seiten wuchsen ihm

Flügel, schöner als Goldfischflossen, die er über dem Rücken zusammengeklappt hielt. „Hörst du jetzt, wie Neridia weint?“

Tatsächlich! Hans vernahm ein zartes, auf- und abschwellendes Klagen. „Was ist mit ihr?“ fragte er.

„Sie bewacht das Tor der Zeit am Ende des Regenbogens. Und sie weint, weil sie den Schlüssel verloren hat.“

„Tor der Zeit? Hier?“ Hans blickte sich verwundert um.

„Hier“, stimmte Flitz zu und zeigte auf den verlorenen See.

„Alle sind ertrunken, die darin baden wollten“, sagte Hans. „Das Wasser darin trägt nicht.“

„Außer man hat Drachenblut getrunken“, verbesserte Flitz und regte die Flügel. „Ich bin ein Drache.“

„Aber ich trinke kein Blut“, rief Hans.

„Doch“, sagte Flitz. „Willst du mein Blutsbruder sein?“

Hans dachte an Winnetou und Old Shatterhand. Es mußte herrlich sein, Blutsbrüder wie diese zu sein. Er lächelte Flitz zaghaft zu und hielt ihm den Arm entgegen. „Ich will.“

Mit einer raschen Bewegung ritzte Flitzens Daumenkralle eine Wunde in Hans' Arm. Fast gleichzeitig zupfte er eine seiner goldgrünen Schuppen ab, so daß ein Blutstropfen hervorsprang. Sorgfältig mischte er ihn mit Hans' Blut, gab etwas Wasser aus dem verbotenen Weiher dazu und reichte Hans davon in einem schalenförmigen Blatt. „Blut zu Blut und Bein zu Bein“, raunte er dabei und trank den Rest auf einen Schluck.

Hans spürte, wie ihm schwindlig wurde. Ihm war, als falle er immer schneller und tiefer. Algenfäden strichen ihm ins Gesicht. Wesen mit ungeheuren Glotzaugen tauchten ihnen zur Seite auf und wieder weg. Als er endlich die Lider aufzuschlagen vermochte, befand er sich in einer Höhle, so zauberhaft schön, so

sanft von Licht durchstrahlt, wie er nie etwas Vergleichbares erblickt hatte. Mitten in einer Muschel aber kauerte Flitzens zierlicheres Abbild. Von der Stirn bis zum Schwanz trug es leuchtend grüne Locken.

„Das ist Neridia", hörte Hans Flitzens Stimme neben sich. „Sie kann nicht sehen, denn ihre Augen sind vom Weinen zugequollen. Und sie kann uns nicht hören, weil ihre Ohren im Schweigen der Jahrtausende das Hören verlernt haben."

Als habe sie gespürt, daß etwas anders war als sonst, hob Neridia den Kopf und hörte auf zu weinen.

„Können wir ihr helfen?" Hans sah sie voller Mitleid an.

„Du schon", sagte Flitz. „Aber wir brauchen dein Haar dazu."

Erschrocken griff Hans sich in den schwarzen Schopf. „Alles?"

Flitz nickte stumm.

„Was werden die anderen sagen?“ rief Hans. „Thomas und Christian und Mutti und Vati und Hanna?“

Flitz gab keine Antwort. Er blickte auf Neridia, die angespannt in seine Richtung witterte.

Hans begriff, daß der Freund ihn nicht drängen, sondern die Entscheidung ganz allein ihm selbst überlassen würde. Und er begriff, daß er seine Freundschaft beweisen müsse.

„Also gut“, sagte er. „Von mir aus.“

Flitzens Freudenschrei widerhallte in der Höhle. „Du meinst es ernst?“ fragte er, als wage er kaum, es zu glauben.

Hans nickte und beugte den Nacken, so daß Flitz zu schneiden beginnen konnte. Die Haare fielen dicht.

Als Hans' Kopf kahl war, begann Flitz ein geheimnisvolles Lied. Nicht lange, so stieg Rauch aus dem Haarhäufchen. Wie Nebel wallte er durch die Höhle. Von irgendwoher hatte Flitz plötzlich einen Zweig mit braunen Sternblüten und hielt ihn ins Feuer. Da zischte es blau und rot empor. Mit einem trockenen Knall zersprang der Höhlenboden unter dem Feuer und gab einen großen Schlüssel aus Diamant frei.

„Da ist er!“ Mit einem Jubelschrei griff Hans danach und riß ihn hoch über den Kopf. „Wir haben ihn gefunden, Flitz!“

Flitz antwortete nicht. Tanzend vor Freude hielt er

Neridia und schwang die Schwester im Kreis herum. Hans sah ihnen zu, bis ihm ganz schwindlig war.

„Wach auf!“ hörte er Flitz wie aus weiter Ferne rufen. Doch erst der Duft von gebratenem Speck brachte ihn auf die Füße. Blitzartig fiel ihm alles wieder ein: Neridia, der Schlüssel und die verbrannten Haare. Vorsichtig, damit Flitz nichts merken sollte, tastete er nach seinen Locken. Kein Haar fehlte!

Flitz grinste breit. „Wohl schlecht geträumt?“ fragte er.

Die Schatzsuche

„Die letzten Saurier, die sich noch oberirdisch zeigten, lebten als Drachen und bewachten die Schätze der Zwerge", sagte Flitz und träumte den Wolken nach. „Damals war noch echt was los."

„Erzähl mir lieber, was bei uns heute los ist", meinte Hans und kaute an einem Strohhalm.

„Wir suchen einen Schatz!" Flitz sprang aus dem Heuhaufen, in dem sie es sich bequem gemacht hatten. „Der Wind treibt mir den Duft einer guten Höhle her."

„Echt?" Flitzens Aufregung steckte Hans sofort an. „Und wo?"

„Immer der Nase nach", murmelte Flitz und feuchtete sie mit der Zunge an, um besser Witterung aufnehmen zu können.

Die Bergwiese ging in Ginster- und Birkenhänge über, als Flitz zum letztenmal stehenblieb. „Hier irgendwo muß es sein."

Gespannt blickte Hans sich um. Doch außer Brombeer- und Himbeergestrüpp mit verlockend dicken Früchten entdeckte er nichts Bemerkenswertes. Flitz robbte indessen schnüffelnd einer unsichtbaren Spur nach und scherte sich weder um Dornen noch Ranken. Sein Körper hinterließ einen Tunnel im Dickicht, und neugierig krabbelte Hans ihm nach.

Das Rankenwerk endete vor einem unheimlichen

schwarzen Loch in der Felswand. Flitz schob witternd den Kopf hinein. „Hurra! Wir sind richtig!“ schrie er. „Leg dich auf meinen Rücken, Hans, wir steigen jetzt ein.“

Dumpf schlug ihnen die Luft aus dem Bauch der Erde entgegen. Es war kühl, und manchmal klatschte ein Tropfen auf Hans' Kopf. Immer weiter schob Flitz sich vor.

„Ich will zurück“, sagte Hans kleinlaut. „Laß uns umkehren, Flitz. Ich hab' Angst.“

„Angst?“ fragte Flitz. „Ach, entschuldige, ich hatte ganz vergessen, daß du Licht brauchst.“ Und plötzlich begannen seine Augen zu leuchten wie zwei helle Sterne.

„Oh!“ Hans blieb vor Staunen der Mund offenstehen, als er jetzt um sich blickte. Kostbare Blüten aus Edelstein wuchsen in Strahlen, Kugeln und langen Nadelgruppen aus dem gelbgrau gefleckten Stein.

„Zuviel versprochen?“ fragte Flitz.

Hans schüttelte den Kopf. Vorsichtig befühlte er eine der blaugrünen Kugeln, die wie Zwiebelblüten aussahen. „Meinst du, ich darf eine davon mitnehmen?“

„Soviel du willst“, lachte Flitz. „Ich habe die Höhle für dich gefunden. Es gehört alles dir.“

Für einen Augenblick fühlte sich Hans wie ein König in seiner Schatzkammer. Unschlüssig betrachtete er die Kostbarkeiten, und jede schien ihm zu schade,

einfach herausgerissen zu werden. Endlich fiel seine Wahl auf einen blauen Edelstein, der wie ein Stern geformt war. Soeben streckte er die Hand danach aus, da löschte Flitz das Licht seiner Augen und riß Hans zu Boden. „Pst! Da ist jemand!“ flüsterte er.

Hans rührte sich nicht. Dann hörte er es auch: Schritte tappten näher. Polternd rollte ein Steinbrocken davon. Plötzlich krachte und knirschte, rollte und dröhnte es. Steine krachten von der Decke, Staub hüllte sie ein. Hans mußte husten.

Flitz, der ihn mit sich fortgerissen hatte, blieb keuchend stehen. Immer noch grollte es im Berg. „Wir müssen weg hier! Die Höhle stürzt ein. Ich hatte vergessen, daß die Zwerge schon lange nicht mehr da sind, um ihre Schatzkammern zu bewachen." Soweit er vermochte, ließ er seine Augenscheinwerfer ins Höhleninnere leuchten. Doch wohin er sie auch richtete, überall trafen sie auf Wände.

„Sterben wir hier unten?" fragte Hans.

Flitz schnaufte und sagte dann: „Zwerge benutzten nur Höhlen mit Notausgang. Irgendwo muß er versteckt sein." Er sah sich um. Und nach einigen Minuten rief er freudig: „Na endlich!"

Aufschauend sah Hans ein Loch über sich, gerade weit genug für einen schmalen Körper. „Und wie kommen wir da hoch?" fragte er mutlos.

„Ich gebe Rauchzeichen", sagte Flitz. „Paß auf!"

Wie immer, wenn nur sein Hals wachsen sollte, rieb er zunächst Bauch und Kopf, dann richtete er sich gerade auf und blickte hinaus.

„I-i-i-i!" ließ es sich Sekunden später von draußen vernehmen, und Flitz wurde blitzartig unsichtbar.

„Blöde Ziege!" murrte er gleich darauf von seinem Lieblingsplatz auf Hans' Schulter und war noch ganz blaß, so erschrocken war er. „Tritt mir fast den Schädel ein, und dann kreischt sie los, wie von der Tarantel gestochen."

„Wer?“ fragte Hans und kraulte beruhigend Flitzens Kinn.

„Deine liebe Schwester, wer denn sonst!“ Flitz sprang zu Boden, wurde etwas größer und ließ erneut seinen Hals wachsen. „Du mußt an mir hochklettern“, sagte er. „Vielleicht ist sie ja noch da.“

„Ich? An dir hochklettern?“ rief Hans erschrocken. „Das kann ich nicht!“

„Der Herr Kann-ich-nicht ist längst gestorben!“ sagte Flitz in einem Ton, der keinen Widerspruch duldete. „Du mußt dir etwas zutrauen!“

Widerstrebend zog Hans die Schuhe aus und umklammerte Flitzens Hals mit Armen und Beinen. Während der ersten zwei Züge half Flitz unmerklich ein wenig mit; und plötzlich hatte Hans begriffen, wie es anzustellen sei. Immer rascher ging es voran.

Fast hatte er die Öffnung erreicht, da schlug ihm ein derber Knüppel von oben entgegen, und eine schrille, angstvoll-wütende Stimme schrie: „Komm ja nicht raus, du! Ich mach' dich zu Mus!“

Flitz zuckte so entsetzt zusammen, daß sein Hals schwankte und krumm wie eine Bogenlaterne wurde.

„Nicht! Hilfe! Aufhören!“ zeterte Hans, der sich wie beim Rodeo vorkam, und vernahm gleich darauf einen Jauchzer von draußen.

„Hans! Du lebst? Hörst du mich? Hier ist Hanna!“

„Und hier ist mein Geist!“ brüllte Hans zurück.

Statt des Knüppels erschien Hannas Gesicht in der Höhlenöffnung. Als sie Hans an Flitzens Hals erblickte, schrie sie: „Ja, gib's ihm, Hans! Drück zu! Fest! Du packst ihn!“

Hans mußte lachen. „Flitz ist doch mein Freund. Laß mir lieber ein Seil runter.“

Hanna machte große Augen. „Hast du Freund gesagt?! Dieses Urvieh soll dein Freund sein?"

„Pf-f-f!" Ein sachtes Zischen entwich Flitzens Nasenlöchern und hüllte Hanna in die bekannte Faule-Eier-Duftwolke.

„Unverschämtheit!" sagte er, setzte Hans zu Boden und verkrümelte sich beleidigt in dessen Hosentasche.

„Hanna?" Hans hielt sich die Nase zu. Von oben hörte er es husten und würgen. Flitz vernahm es offenbar auch, denn er kicherte schadenfroh.

Endlich schwebte das Seil herunter. Und Hans, der

im Sportunterricht meist wie ein nasser Sack am Kletterseil hing, schob sich in Windeseile daran hoch.

Hanna fiel ihm jubelnd um den Hals.

„Und ich?“ ließ sich Flitz da vernehmen, der, nicht größer als ein Kätzchen, in Hans' Nacken gekrabbelt war. „Krieg' ich auch einen Kuß?“

Hans konnte Hanna gerade noch rechtzeitig auffangen, ehe sie umfiel. „Was ist denn?“ rief er erschrocken.

„Ohnmächtig!“ sagte Flitz knapp. „Typisch Mädchen!“

Das Gummitier

Flitz wurde von einem Rascheln und Rumpeln geweckt.

„So was Blödes!" motzte Hans.

„Was ist denn los? Kannst du einen nicht mal ausschlafen lassen? Es ist sieben Uhr morgens!" meckerte Flitz.

„Oh, hallo, Flitz. Gut geschlafen?" fragte Hans schon etwas freundlicher.

„Ja, prima!" antwortete Flitz ironisch. „Ich konnte himmlisch schlafen und wurde sogar noch durch deine Fußtritte in den Schlaf geschaukelt."

„Entschuldige", sagte Hans, „aber das kommt alles von dieser blöden Schule! Heute fängt sie wieder an. Jetzt muß ich jeden Morgen so früh raus!"

Flitz schaute erst traurig, dann nachdenklich, dann sprang er mit einem Satz vom Bett. „Ich hab's! Ich komme mit!"

„Aber das geht doch nicht ..."

„Keine Widerrede!" lispelte Flitz streng.

„Also gut, dann beeil dich, daß du fertig wirst, sonst kommen wir zu spät", strahlte Hans.

Flitz machte sich winzig klein und setzte sich auf Hans' Schulter.

Um acht Uhr begann die Schule.

Hans hatte sich gerade hingesetzt, als die neue

Klassenlehrerin, Frau Zähring, hereinkam. Flitz saß auf Hans' Schulranzen.

Alle wußten, daß Frau Zähring die strengste Lehrerin der Schule war. Das konnte ja heiter werden!

Als Frau Zähring ihren Namen an die Tafel schrieb, sagte Christian laut: „Frau Hering, ich kann Ihre Schrift nicht lesen." Und Flitz ergänzte: „Da schreibt ja 'n Drachenzahn schöner!"

Alles lachte.

„Christian", sagte Frau Zähring spitz, „ich werde mich extra für dich bemühen, etwas schöner zu schreiben." Dann ging Frau Zähring durch die Reihen, um sich die Namen ihrer neuen Schüler aufzuschreiben. Als sie zu Hans kam, entdeckte sie Flitz und hob ihn unsanft hoch. „Ach, schaut euch das an!“ sagte sie. „Der kleine Hans hat ein Gummitier mitgebracht. Weißt du, was ich damit mache, Hänschen? Ich nehme es mit!“ Und schon hatte sie Flitz in ihre Rocktasche gesteckt.

Unerhört, dachte Flitz. Von wegen Gummitier!

„Au!“ sagte Frau Zähring. Und: „Unverschämtheit! Christian! Wage nicht, mich noch einmal zu zwicken!“

Als das Gelächter der Klasse verebbt war, hörte Hans an seinem Ohr das vertraute Lispeln: „Der haben wir's aber gezeigt, oder?“

Die Klassenarbeit

Hans nagte lustlos an seinem Frühstücksbrot. Alle fünf Minuten seufzte er zum Steinerweichen.

Flitz sah ihn prüfend an. „Ist was mit dir? Du siehst aus wie drei Tage Regenwetter!"

„Schreib du mal eine Rechenarbeit, wenn du nichts verstanden hast", sagte Hans.

Flitz atmete auf. „Wenn's weiter nichts ist", schmunzelte er. „Du weißt doch: In allen Lebenslagen Flitz fragen."

Für Frau Zähring begann der denkwürdigste Tag ihres Lebens.

Es fing damit an, daß ein ihr unbekanntes grünliches Tier mit einem langen Schwanz kurz vor dem Schulportal hinter einem Busch hervorsprang und sie zu Fall brachte.

Nicht genug damit, daß Frau Zährings Kehrseite heftig schmerzte. Nein, als sie sich endlich aufraffen konnte, war ihre Tasche mit dem Lösungszettel für die Klassenarbeit verschwunden.

„Diebe! Hilfe! Ich bin bestohlen worden!" schrie Frau Zähring und eilte dem Lehrer Max Wanz entgegen, der soeben sein Fahrrad abschloß.

„Aber verehrte Frau Kollegin", kopfschüttelnd unterbrach dieser ihren Redeschwall, „ich habe Ihren Sturz mit angesehen. Niemand war in der Nähe, der die Tasche entwendet haben könnte. Sie werden sie vergessen haben."

Als Frau Zähring aufgebracht davoneilte, hörte er irgend jemanden flüstern: „Links bestrickt, rechts bestickt, in der Mitte ganz verrückt."

„Genau!" brummte Max Wanz zustimmend und fragte sich erst später, ob er Selbstgespräche geführt und wenn ja, warum er dabei gelispelt habe.

Frau Zähring stellte inzwischen fest, daß ausgerechnet an diesem Tag der Schlüssel zum Lehrerschrank abgebrochen war.

Ungeduldig stocherte sie mit einer Haarnadel nach. Fast hätte sie den Schlüsselbart erwischt, doch in der entscheidenden Sekunde sprang ein kleines, grün schillerndes Biest auf ihre Brille, so daß ihr nicht nur die Sicht versperrt war, sondern die Haarnadel abglitt und in ihren Daumen stach.

Frau Zähring, die Heuschrecken abscheulich fand, schlug aufkreischend um sich. Unglücklicherweise trat Max Wanz genau in diesem Moment zur Tür herein und ... peng! Eine so saftige Backpfeife hatte er lange nicht erhalten. „Heuschrecken, meine Liebe", sagte er und hielt sich die Wange, „sind völlig harmlos, was man von Ihnen heute leider nicht behaupten kann." Sprach's und ließ die verdutzte Frau Zähring allein im Zimmer zurück.

Flitz schlüpfte unbemerkt neben ihm hinaus und

eilte zu Hans, der eifrig beschäftigt war. „Länger kann ich sie nicht mehr aufhalten", japste er außer Atem und rückte sich auf seinem Lieblingsplatz zurecht.

„Hast du denn die Lösungen schon alle abgeschrieben?"

„Gleich." Hans schrieb, ohne abzusetzen, obwohl keine Zeile auf der Tafel erschien. „Hauptsache, deine Spezialkreide funktioniert."

Mit dem Gongschlag war Hans fertig. Während Flitz den verräterischen Lösungszettel fraß, wischte Hans die Kreidefinger ab und setzte sich. Lärmend trudelten die Klassenkameraden ein.

Alle saßen schon auf den Plätzen, als Frau Zähring kam. „Hefte raus! Alle Federmäppchen zu mir. Stifte und Lineal genügen", sagte sie barsch und verteilte die Aufgaben. Dann blickte sie unter jeden Tisch. Den Lösungszettel, nach dem sie suchte, fand sie freilich nicht. Flitz kicherte schadenfroh.

Frau Zähring wurde rot. „Wehe ich erwische auch nur einen von euch mit Spickzettel!" sagte sie und vertiefte sich nach einem letzten scharfen Blick in einen Stapel Hefte. Hinter ihr begann es auf der Tafel aufzuleuchten: Lösungen. In grellem Kreideweiß standen sie alle deutlich lesbar da, nichts war vergessen.

Die Klasse hielt vor Überraschung den Atem an. Dann ging's ans Abschreiben.

Auf die Sekunde genau nach 45 Minuten verlosch die

Schrift an der Tafel. Frau Zähring ließ die Hefte einsammeln.

„Wetten, daß diese Arbeit nicht nachgeschrieben wird?“ Flitzens Lispelstimme war nicht zu überhören.

Frau Zähring drehte sich mißtrauisch um. Flitz aber war längst in Hans’ Hosentasche verschwunden.

Ein Gast im Haus

Dingdong!

Hans rannte zur Tür. Draußen stand Hanna.

„Was hast du denn da?" wollte Hans wissen.

„Einen Hund", sagte Hanna. „Er ist mir bis hierher nachgelaufen. Ein Halsband hat er nicht."

„Flitz!" rief Hans. „Komm mal her, hier ist ein Spielkamerad für dich."

Flitz betrachtete den Gast lange und mißtrauisch. Der Hund knurrte. Endlich ließ Flitz sich vernehmen: „Dieses zottelige vierfüßige Etwas mit dem Waschlappen im Gesicht und ich? Nee, danke, da sucht euch mal einen anderen." Und schon war er verschwunden.

„Aber Flitz!" So hatte Hans den kleinen Saurier noch nie erlebt.

„Laß ihn doch", meinte Hanna, die in der Küche etwas Fleisch geschnitten hatte und es dem Hund zu fressen gab. „Er wird schon wieder auftauchen."

Wie zur Bestätigung lispelte es da schon beleidigt von der Gardinenstange: „So was Gutes kriege ich nie!"

„Stell dich nicht so an, Flitz", mahnte Hans. „Der arme Hund ist schließlich neu hier und unser Gast und halb verhungert obendrein."

„Ich bin auch halb verhungert", maulte Flitz. „Noch nicht mal Frühstück gab's. Ganz klein bin ich schon, und alle Rippen gucken mir raus, jawohl!"

„Noch nie etwas von Gastfreundschaft gehört?" rief Hanna.

Flitz gab keine Antwort.

„Er hat bestimmt tagelang nichts zu beißen bekommen." Mitleidig beugte Hans sich vor und kraulte den Hund zwischen den Ohren. „Vielleicht hat ihn einer ausgesetzt. Das machen die Leute oft, wenn sie verreisen und ihr Tier loswerden wollen."

„Kann ich verstehen", ließ Flitz sich hartherzig hören.

„Siehst du, was für Zähne der hat? Wie ein Cynognathus! Er wird mich beißen."

„Wie ein was?" fragte Hans verblüfft.

„Ja, ja, aus Dummheit passieren die meisten Fehler", sagte Flitz. „Der Cynognathus war vor 200 Millionen Jahren und mehr eines der übelsten Raubtiere. Die meisten Säugetiere stammen irgendwie von ihm ab. Und dieses schwarzbunte Zotteltier ganz bestimmt."

„Er ist doch ganz freundlich", meinte Hans. „Sieh nur, er wedelt sogar mit dem Schwanz."

„Wenn ich mit dem Schwanz wedle, bin ich ganz und gar nicht freundlich", widersprach Flitz. „Er soll verschwinden."

„Nein", sagte Hanna, die bis jetzt nur zugehört hatte. „Er bleibt. Und er schläft unter meinem Bett."

„Wie schön für seine Flöhe", sagte Flitz mit einem bösen Kichern. „Das Blut von kleinen Mädchen soll besonders gut schmecken."

„Giftzwerg!" schnaubte Hanna und schlug mit der Fliegenklatsche in Richtung Gardinenstange.

Flitz kicherte nur lauter und spuckte Wunderkerzenflämmchen, die wie Nadelstiche auf Hannas bloßen Armen pikten.

Hans hatte ratlos von einem zum anderen geschaut. „Wenn zwei sich streiten", sagte er schließlich und nahm den Hund am Nackenfell, „freut sich der Dritte. Komm, wir gehen spielen."

Da war Flitz das Kichern vergangen. Mit einem Aufschrei sprang er von der Gardinenstange und Hans hinterher. Darauf hatte dieser nur gewartet. Lachend rückwärts laufend, schwang er das Stöckchen für den Hund, der kläffend danach sprang. „Hier, Flitz, fang!“ rief er neckend.

Wie in Zeitlupe sah Flitz den Motorradfahrer aus einer Seitenstraße hinter Hans auftauchen.

„Achtung!“ wollte er brüllen. „Paß auf!“ Doch seine Stimme war nur heiße Luft, unhörbar im Schreien der Reifen, Kreischen der Bremsen und dem schrillen Bellen des Hundes.

Hanna kam vom Haus gelaufen und schrie: „Was ist denn passiert?“

Da kam Hans ihnen entgegen, den Hund trug er auf den Armen.

„Er hat sich vor mich geworfen“, sagte Hans.

„Ich weiß“, nickte Flitz. „Er ist großartig.“ Und dann begann er, aus ein paar der großen Schuppen zu beiden Seiten seines Zackenschwanzes einen Brei zu kauen. Als Heilmittel. Etwas Besseres gibt es nämlich nicht.

Der Schulschwänzer

Die Eltern waren verreist. Der Wecker hatte schon längst geklingelt, aber Hans hatte sich nur knurrend auf die andere Seite gedreht.

„Aufstehen!“ rief Hanna schon zum drittenmal. Hans zog sich die Decke über die Ohren.

„Ich glaube, du solltest dich langsam erheben!“ ließ sich da eine rauhe Stimme unter dem Bett vernehmen.

„Nee!“ nuschelte Hans.

Flitz schob den Kopf über die Bettkante und änderte die Tonart. „Beweg dich endlich! Frau Zähring wartet nicht gern.“

Frau Zähring war die Klassenlehrerin und Strafarbeiten ihre Spezialität.

Trotzdem riß selbst diese Aussicht Hans nicht hoch.

„Was ist mit dir?“ fragte Flitz. „Willst du wirklich nicht aufstehen?“

Hans schüttelte den Kopf. „Mir ist schlecht. Ich glaube, ich habe Fieber.“

„Und ich glaube, ihr schreibt mal wieder eine Klassenarbeit“, sagte Hanna, die in die Parallelklasse ging.

„Oh!“ stöhnte Hans. „Diese Schmerzen!“

„Ist sie denn wichtig, diese Arbeit?“ fragte Flitz.

Hans nickte und sah schon weit weniger elend aus. „Wenn ich eine Vier kriege, kann ich meine Zwei im Zeugnis vergessen.“

„Und schreibst du eine Vier?“

Hans zuckte mit den Schultern. „Ich kapier's einfach nicht. Eine Vier ist da noch gut.“

„Wenn's weiter nichts ist“, murmelte Flitz, und seine Augen glitzerten. „Du weißt doch: Nicht verzagen, Flitz fragen. Ich habe einen Plan.“

„Nicht schon wieder!“ rief Hanna aus der Küche, wo sie soeben ein Pausenbrot strich.

Flitzens hängende Unterlippe verriet, daß er beleidigt war. Doch dann sagte er: „Ein Saurier läßt keinen Freund im Stich. Hans, ich werde dich retten!“

Hanna glaubte, nicht recht gehört zu haben: „Soll das heißen, du willst Hans in die Schule begleiten?“

„Ein Groschen ist kein Starfighter“, grinste Flitz frech.

„Aber du hast es erfaßt, Hanuta. Du kannst schon mal zwei Pausenbrote extra schmieren."

Hanna und Uta waren ihre Taufnamen, und nichts konnte Hans' Schwester wütender machen als der von Flitz erfundene Spitzname. Als ihr Hauspantoffel geflogen kam, duckten Hans und Flitz sich gleichzeitig. Klirrend zersprang das Fenster hinter ihnen.

„Welch interessante Art zu lüften!" rief Flitz und brachte sich mit einem Hechtsprung unters Bett in Sicherheit.

„Verschwindet! Alle zwei!" schrie Hanna. Allein ihr Ton bewirkte, daß Hans auf der Stelle gesund war.

Die Entführung

„Heute nehmen wir die Zeit der Saurier durch", verkündete der Geschichtslehrer Wanz. „Die erste Dinosaurierart, die wir besprechen, ist der Apatosaurus, besser bekannt als Brontosaurus. Die größten Exemplare waren ungefähr 23 Meter lang und wogen mindestens 18 Tonnen, und sie bewegten sich mit erhobenen Schwänzen fort."

So salbungsvoll redete Herr Wanz die ganze Stunde. Da mußte doch etwas unternommen werden! Hans überlegte. Ich hab's! dachte er und hob die Hand.

„Ja, Hans?" sagte Herr Wanz.

„Da wir gerade von Dinosauriern sprechen, könnte ich doch morgen mein ausgestopftes Exemplar mitbringen", schlug Hans vor.

„Ein ausgestopfter Saurier? So etwas gibt es nicht! Der wäre ja Millionen wert!" rief Herr Wanz.

Gemurmel kam in der Klasse auf.

„O doch, es gibt einen! Ich werde ihn morgen mitbringen", sagte Hans entschlossen.

„He, he!" lachte Thomas. „Ich weiß! Du bringst das Gummitier mit, das du neulich dabeihattest!"

Alles lachte.

„Ihr werdet schon sehen", gab Hans großspurig zurück.

Zu Hause erzählte er Flitz voller Freude, was er in der Schule vorgeschlagen hatte.

„Ich? Einen ausgestopften Saurier mimen?? Nein, das geht über meine Ehre!!" rief Flitz.

„Du mußt aber mitmachen!" sagte Hans. „Denk doch mal, wie sie mich verspotten, wenn ich nichts mitbringe."

Das leuchtete Flitz ein. Aber er war sauer. „Du alter Angeber! Nur weil du nicht der Größte bist, mußt du dich so aufspielen. Schäm dich! Ich will es mir noch überlegen. Laß mich jetzt in Ruhe."

Hans ging kleinlaut zu seinem Schreibtisch und machte Schularbeiten.

Flitz tat, als überlege er. Nach drei Stunden verkündete er: „Gut! Ich gehe mit. Ich muß aber noch üben."

„Super!“ sagte Hans glücklich.

Am nächsten Tag trug Hans Flitz auf dem Arm in die Schule.

Dem Geschichtslehrer verschlug es die Sprache, und Christian bekam Maulsperre. Hans fühlte sich wohl. Er war der Größte.

Nach einer gründlichen Untersuchung, ob das Tier auch echt sei, begann Herr Wanz wieder mit dem Unterricht. Flitz, der sich so gut totstellen konnte, daß weder Atem noch Herzschlag zu hören waren, lachte in sich hinein. Der Trick war gelungen und sicher das dickste Eis wert, das Hans jemals spendiert hatte.

Nach der Schule sagte Christian zu Thomas: „Der Hans, dieser blöde Angeber! Weißt du was? Wir klauen ihm das ausgestopfte Plüschtier und verkaufen es auf dem Flohmarkt!“

„Klasse Idee!“ stimmte Thomas zu. „Das gibt Zaster!“

„Also heute nacht bei Hans“, rief Christian.

Hans und Flitz schliefen fest, als Christian ein Seil um den Mittelholm des geöffneten Kinderzimmerfensters warf. Eilig kletterte er daran hinauf. Vorsichtig stieg er ein. Thomas kam nach. Auf Zehenspitzen schlichen sie durch Hans' Zimmer und fanden Flitz zusammengerollt in seinem Körbchen.

„Der ist ja echt!!“ flüsterte Christian, und Thomas machte vorsichtshalber einen Satz nach hinten.

„Komm!“ sagte Christian nach einer Schrecksekun-

de. „Wir binden ihm den Rachen zu und hieven ihn runter!“

Gesagt, getan. Christian hob den tief schlafenden Flitz vorsichtig auf die Schulter und seilte sich ohne größere Probleme ab. Dann fuhren sie mit dem Rad nach Hause.

Als Flitz morgens aufwachte, fand er sich geknebelt und gefesselt in einem muffigen Kellerraum vor. „Nanu?“ wunderte er sich. „Wo bin ich, und wie kam ich hierher? Erst mal werde ich mich aus dieser unbequemen Lage befreien.“ Er überlegte kurz und wurde winzig klein. Dadurch lösten sich die Fesseln, und er hüpfte zur Tür. Geduldig kauerte er sich seitlich davon nieder und wartete.

Endlich unterbrach das Quietschen der Tür die Stille. Flitzens große Chance war gekommen. Er rannte, so schnell er konnte, die Treppe hoch, zum nächsten offenen Fenster und – draußen war er.

Aus dem Haus drang wildes Wutgebrüll, und die

Haustür wurde aufgerissen. Thomas stürmte heraus und lief zu Christian hinüber, der im Nachbarhaus wohnte. Jetzt wußte Flitz auch, wie und warum er hierhergeraten war.

Indessen suchte Hans Flitz überall. Es war schulfreier Samstag, die Eltern waren mit Hanna in die Stadt gefahren.

„Flitz!“ rief er, als er das offene Fenster sah. Er schaute hinaus und bemerkte das Seil. An einem kleinen Nagel hing ein Stoffetzen. Hans kannte diesen Stoff nur zu gut. Eine Jacke mit einem solch schrillen Muster hatte nur einer: Christian.

Also hatte Christian Flitz entführt!

Hans schwang sich auf sein Rad und sauste los. Als er bei Thomas' Haus vorbeifuhr, hörte er etwas zischen. Er hielt an, weil er dachte, es sei sein Reifen. Als er jedoch den Reifen befühlte, zwickte ihn etwas am Ohr.

„Keinen Mucks!“ hörte Hans ein vertrautes Lispeln. „Und kehrt, ehe sie uns erwischen!“

Hans gehorchte sofort. Flitz aber saß, so klein wie ein Käfer, in seinen Locken, und so fuhren beide nach Hause.

Der Brief

„Dieser Muskelkater!“ stöhnte Hans. „Nie wieder lasse ich mich auf einen Ringkampf mit dir ein!“

„Lieber noch mal Fußball wie neulich?“ lispelte Flitz.

„Erinnere mich nicht daran“, rief Hans. „Die Schaufensterscheibe vergesse ich nie. Wie die geklirrt hat!“

Hans wurde durch anhaltendes Klingeln an der Haustür unterbrochen. Wie immer in solchen Fällen machte Flitz sich winzig klein und schlüpfte ihm hinters Ohr, von wo aus er zwischen den Haaren hindurchlugte. Hans öffnete. „Ja, bitte?“

„Ein Eilbrief für Hans Schlotterbeck, Im Nest 47“, sagte der Briefträger.

„Das bin ja ich“, murmelte Hans und nahm den Umschlag. Kaum hatte er die Tür geschlossen, riß er den Brief auf und las:

Sehr geehrter Herr Schlotterbeck,
Ihr Sohn Hans wurde von Zeugen erkannt und dabei beobachtet, wie er seinen Fußball in unsere Schaufensterscheibe schoß.
Leider müssen wir Ihnen die Reparatur mit DM 1800 in Rechnung stellen.
Mit freundlichen Grüßen
Firma Bettenbauer und Co.
Max Leineweber.

Hans ließ sich in den Schreibtischstuhl fallen und machte ein verzweifeltes Gesicht. „Woher soll ich wohl den Haufen Geld nehmen?"

„Wir verbrennen den Brief, oder ich fresse ihn auf", schlug Flitz vor.

Aber Hans schüttelte den Kopf. „Wir müssen ihn meinen Eltern zeigen. Und dich auch."

„Mich?" Flitz schluckte hörbar.

„Ja." Hans sah ihn fest an. „Achtzehnhundert Mark habe ich nicht. Und außerdem kann ich dich nicht immer vor meinen Eltern verstecken. Wir müssen ihnen beichten, was wir angestellt haben."

Flitz verzog die Nase. „Und was ist, wenn sie mich nicht wollen?"

„Einen wie dich will jeder", sagte Hans.

Flitz gab seufzend nach.

Die Eltern hatten es sich gerade bei einer Tasse Kaffee gemütlich gemacht, als Hans und Flitz eintraten. Vorsichtshalber hatte Flitz sich jedoch unsichtbar gemacht.

„Mutti, Vati", begann Hans zögernd, „ihr habt mir mal versprochen, wenn ich etwas besonders liebhabe, darf ich es behalten. Jetzt ist es soweit. Ich habe euch ja schon oft erzählt, daß ich einen Dinosaurier gefunden habe ..."

„Nicht schon wieder!" rief die Mutter gequält. „Entweder braucht dieses Kind einen Nervenarzt oder ich!"

„Im Zweifel für den Angeklagten", sagte Flitz und wurde sichtbar.

„Ah!" kreischte die Mutter und sprang auf den Tisch, obwohl Flitz harmlos auf Hans' Schulter saß und keine Ähnlichkeit mit einer Maus hatte.

„Das ist nicht zufällig eines dieser ausgestopften Exemplare, nein?" fragte der Vater und brachte sich vorsichtshalber hinter dem Tisch in Sicherheit.

„Nein“, sagte Flitz. „Obwohl ich doch sehr bitten muß! Mich ausgestopft zu nennen.“

„Er ist nämlich schön“, sagte Hans. „Und außerdem lieb. Nur manchmal stellt er etwas an.“

„Wie interessant“, meinte der Vater ahnungsvoll und half der Mutter vom Tisch herunter. „Und was stellt er so an?“

Wortlos reichte Hans ihnen den Brief, während Flitz auf Hamstergröße schrumpfte.

„Eintausendachthundert Mark!“ rief die Mutter. „Konntet ihr denn nicht besser zielen?“

„Nun ja“, brummte der Vater. „Schön ist das nicht, aber ein Weltuntergang auch nicht. Mir scheint“, und dabei sah er Flitz über seine Brille hinweg an, „dieser

Saurier macht tatsächlich einen richtigen Jungen aus dir!“

Jubelnd fielen Hans und Flitz einander um den Hals, und weil es so schön war, umarmten sie die Eltern gleich mit.

Flitz hatte endlich eine richtige Familie.

Die Autorin

Schon mit 8 Jahren veröffentlichte Karin Jäckel ihre ersten Beiträge in der Zeitung. 1975 – nach der Promotion – begann sie sozialkritische Sachbücher und Kinderbücher zu schreiben. Heute lebt die Autorin, die 1948 in Rerik geboren wurde, mit ihrem Mann und ihren drei Söhnen im Schwarzwald.